叩咚叩咚！
螞蟻觀光小火車

文·圖 **大井淳子**　譯 **蘇懿禎**

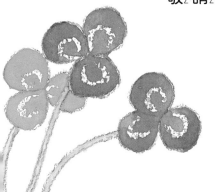

火車，火車，螞蟻觀光小火車，
我是司機阿波，
螞蟻窩的導覽，即將開始！
敬請期待，出發——

火車，火車，螞蟻觀光小火車，
載著點心和客人，
進入螞蟻窩！
叩咚，叩咚，叩咚！

螞蟻窩是工蟻們，
一二，一二，一二，
從地面往下挖，往下挖，
挖出來的唷！

唉呀呀……
有螞蟻正睡著午覺呢！

火ㄏㄨㄛˇ車ㄔㄜ，火ㄏㄨㄛˇ車ㄔㄜ，螞ㄇㄚˇ蟻ㄧˇ觀ㄍㄨㄢ光ㄍㄨㄤ小ㄒㄧㄠˇ火ㄏㄨㄛˇ車ㄔㄜ，
叩ㄎㄡˋ咚ㄉㄨㄥ，叩ㄎㄡˋ咚ㄉㄨㄥ，叩ㄎㄡˋ咚ㄉㄨㄥ！

螞ㄇㄚˇ蟻ㄧˇ們ㄇㄣ˙會ㄏㄨㄟˋ做ㄗㄨㄛˋ訓ㄒㄩㄣˋ練ㄌㄧㄢˋ，也ㄧㄝˇ會ㄏㄨㄟˋ研ㄧㄢˊ究ㄐㄧㄡˋ各ㄍㄜˋ種ㄓㄨㄥˇ蟲ㄔㄨㄥˊ子ㄗˇ。
他ㄊㄚ們ㄇㄣ˙有ㄧㄡˇ的ㄉㄜ˙正ㄓㄥˋ在ㄗㄞˋ鍛ㄉㄨㄢˋ鍊ㄌㄧㄢˋ身ㄕㄣ體ㄊㄧˇ，
有ㄧㄡˇ的ㄉㄜ˙研ㄧㄢˊ究ㄐㄧㄡˋ蝴ㄏㄨˊ蝶ㄉㄧㄝˊ翅ㄔˋ膀ㄅㄤˇ，
有ㄧㄡˇ的ㄉㄜ˙學ㄒㄩㄝˊ習ㄒㄧˊ蚯ㄑㄧㄡ蚓ㄧㄣˇ知ㄓ識ㄕˋ。

啞鈴

練習搬運
重物中

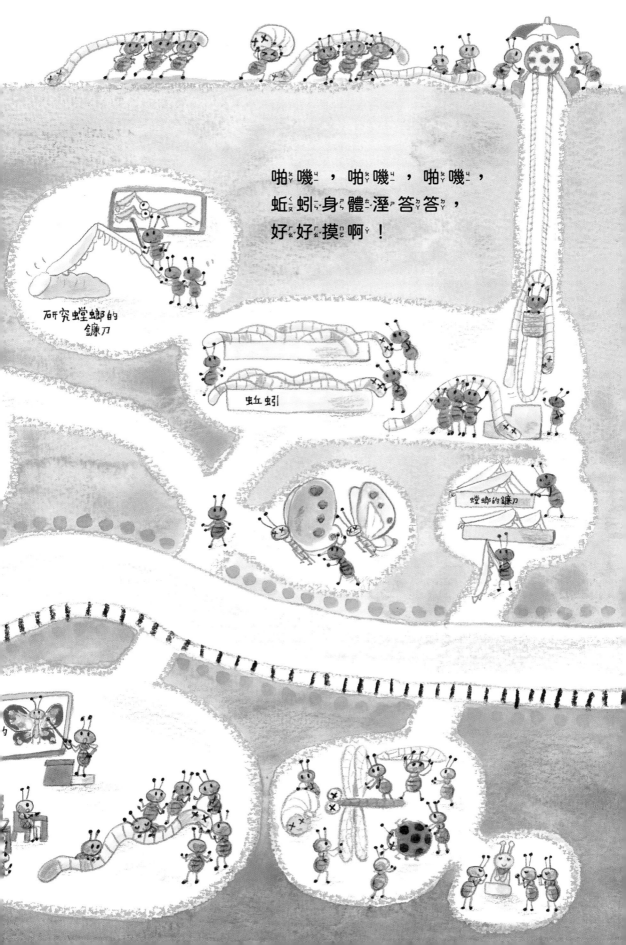

啪ㄆㄚ嘰ㄐㄧ，啪ㄆㄚ嘰ㄐㄧ，啪ㄆㄚ嘰ㄐㄧ，
蚯ㄑㄧㄡ蚓ㄧㄣ身ㄕㄣ體ㄊㄧˇ溼ㄕ答ㄉㄚ答ㄉㄚ，
好ㄏㄠˇ好ㄏㄠˇ摸ㄇㄛ啊ㄚ！

研究螳螂的
鐮刀

蚯蚓

螳螂的鐮刀

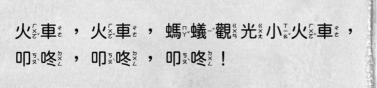

火車，火車，螞蟻觀光小火車，
叩咚，叩咚，叩咚！

工廠站到了，
戴著藍色蝴蝶結的玲玲，
是我最好的朋友。

休息室

把收集來的餅乾和點心，
放入螞蟻機器中，
放進去，動作快，
嘎嘎嘎嘎嘎——

磨成粉之後，
運到隔壁的烘焙坊。
放上傳送帶，咖噹咖噹，
咖噹，噹……

攪拌均勻，分成適當大小，
滾啊滾，揉啊揉，做成圓圓的點心。

聽說吃了螞蟻點心，眼睛會冒出愛心唷！

點心試吃室

載著做好的點心和玲玲，
火車，火車，螞蟻觀光小火車，
叩咚，叩咚，叩咚！
下一站是百貨公司站。

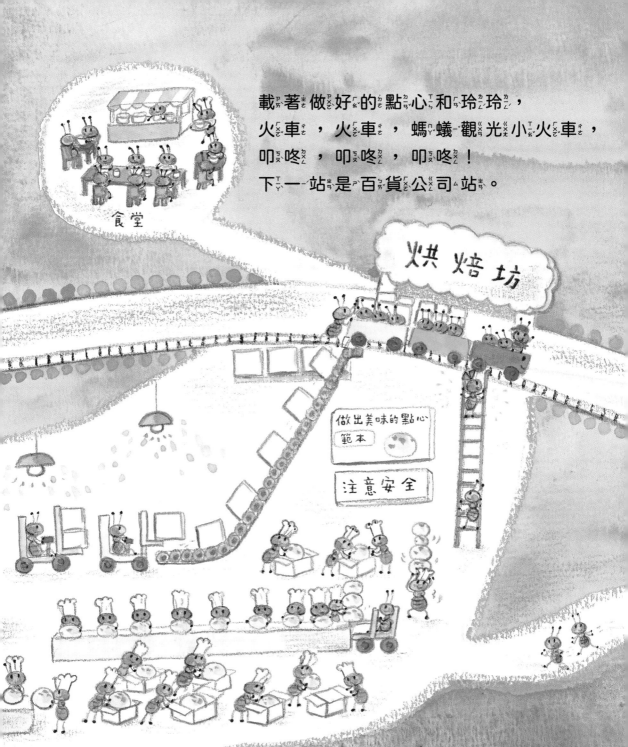

食堂

烘焙坊

做出美味的點心
範本

注意安全

火車，火車，螞蟻觀光小火車，叩咚，叩咚，叩咚！

百貨公司站到了，
要把點心送到販賣部囉！

螞蟻點心非常受歡迎，
排隊隊伍好長啊！

載著乘客，
朝下一站出發！

火車，火車，螞蟻觀光小火車，
叩咚，叩咚，叩咚！
溫泉站到了。要去溫泉的螞蟻下車囉！
記得品嘗名產溫泉蛋！

這ㄓㄜˋ附ㄈㄨˋ近ㄐㄧㄣˋ很ㄏㄣˇ容ㄖㄨㄥˊ易ㄧˋ迷ㄇㄧˊ路ㄌㄨˋ，
請ㄑㄧㄥˇ小ㄒㄧㄠˇ心ㄒㄧㄣ。
出ㄔㄨ發ㄈㄚ——

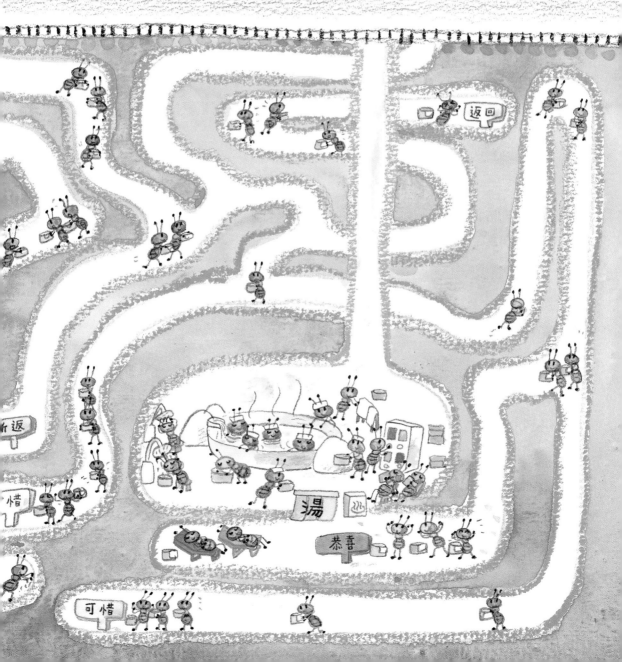

火車ㄔㄜ，火車ㄔㄜ，螞蟻ㄇㄚˇㄧˇ觀光ㄍㄨㄢㄍㄨㄤ小ㄒㄧㄠˇ火車ㄏㄨㄛˇㄔㄜ，
叩咚ㄎㄡˋㄉㄨㄥ，叩咚ㄎㄡˋㄉㄨㄥ，叩咚ㄎㄡˋㄉㄨㄥ！
幼兒ㄧㄡˋㄦˊ園ㄩㄢˊ站ㄓㄢˋ到ㄉㄠˋ了ㄌㄜ——

注意兒童

幼兒園

小火車車庫

午睡房間

我也是這間幼兒園的畢業生。
以前常常在樹屋上玩耍呢！

啊，好多乘客，
小火車要增加車廂囉！

到下一站遊樂園站的路途險峻，
請大家緊緊抓牢，
出發──

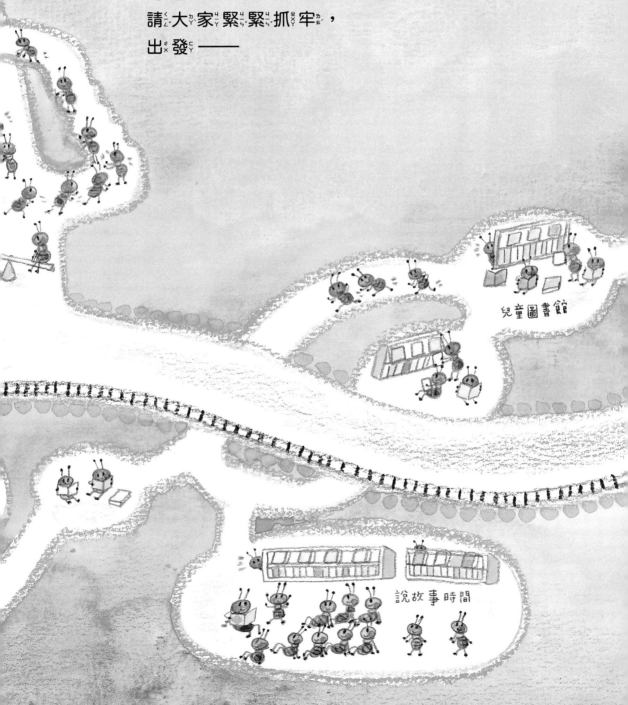

兒童圖書館

說故事時間

火車，火車，螞蟻觀光小火車，
叩咚，叩咚，叩咚，
往上爬，往上爬，螞蟻富士山。

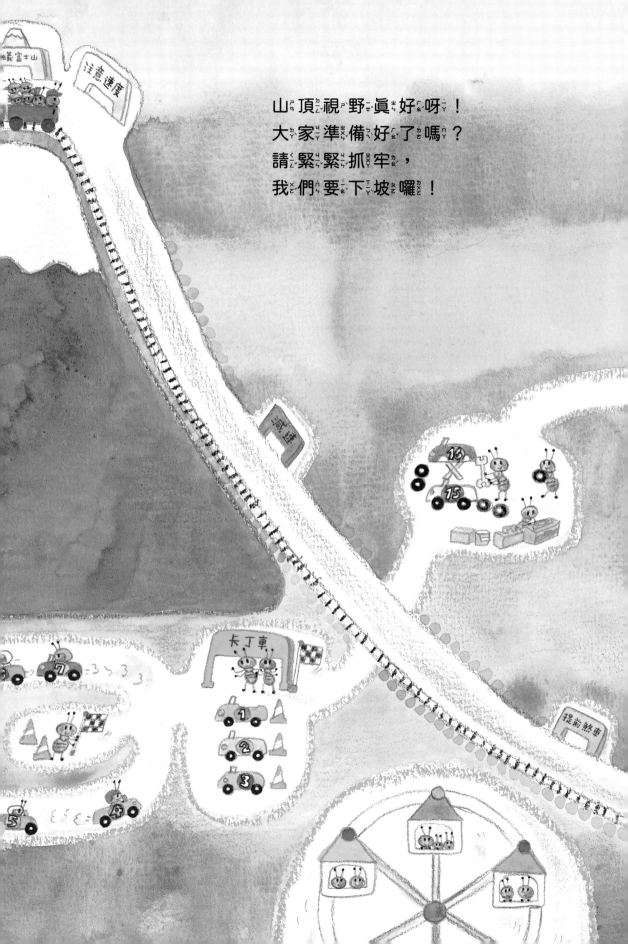

山頂視野真好呀！
大家準備好了嗎？
請緊緊抓牢，
我們要下坡囉！

火車，火車，螞蟻觀光小火車，
叩咚，叩咚，嘰——嘰吱——

遊樂園裡的摩天輪、旋轉木馬、
天女散花、咖啡杯、海盜船和鬼屋，
都很好玩，非常推薦。

但是……
啊啊啊，速度太快啦！
對不起，
遊樂園站，過站不停。

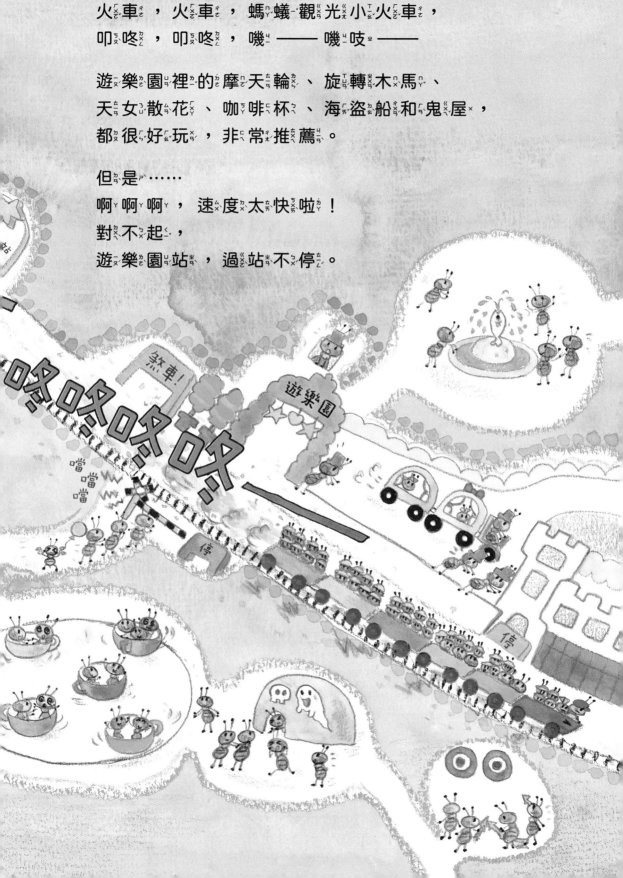

火ㄏㄨㄛˇ車ㄔㄜ ，火ㄏㄨㄛˇ車ㄔㄜ ，
螞ㄇㄚˇ蟻ㄧˇ觀ㄍㄨㄢ光ㄍㄨㄤ小ㄒㄧㄠˇ火ㄏㄨㄛˇ車ㄔㄜ ，
嘰ㄐㄧ嘰ㄐㄧ嘰ㄐㄧ嘰ㄐㄧ嘰ㄐㄧ嘰ㄐㄧ嘰ㄐㄧ嘰ㄐㄧ ——— 吱ㄓ ！

遊ㄧㄡˊ樂ㄌㄜˋ園ㄩㄢˊ裡ㄌㄧˇ的小ㄒㄧㄠˇ丑ㄔㄡˇ好ㄏㄠˇ像ㄒㄧㄤˋ很ㄏㄣˇ受ㄕㄡˋ歡ㄏㄨㄢ迎ㄧㄥˊ呢ㄋㄜ˙！
各ㄍㄜˋ位ㄨㄟˋ乘ㄔㄥˊ客ㄎㄜˋ，非ㄈㄟ常ㄔㄤˊ抱ㄅㄠˋ歉ㄑㄧㄢˋ，
請ㄑㄧㄥˇ下ㄒㄧㄚˋ次ㄘˋ再ㄗㄞˋ來ㄌㄞˊ遊ㄧㄡˊ樂ㄌㄜˋ園ㄩㄢˊ玩ㄨㄢˊ。
觀ㄍㄨㄢ光ㄍㄨㄤ小ㄒㄧㄠˇ火ㄏㄨㄛˇ車ㄔㄜ，停ㄊㄧㄥˊ！
煞ㄕㄚ車ㄔㄜ，煞ㄕㄚ車ㄔㄜ！
嘰ㄐㄧ嘰ㄐㄧ嘰ㄐㄧ嘰ㄐㄧ嘰ㄐㄧ——
城ㄔㄥˊ堡ㄅㄠˇ站ㄓㄢˋ到ㄉㄠˋ了ㄌㄜ˙。

叩ㄎ咚ㄉ叩ㄎ咚ㄉ，城ㄔㄥ堡ㄅㄠ站ㄓㄢ到ㄉㄠ了ㄌㄜ——
啦ㄌ啦ㄌ啦ㄌ，歡ㄏㄨㄢ迎ㄧㄥ回ㄏㄨㄟ家ㄐㄧㄚ！
螞ㄇ蟻ㄧ們ㄇㄣ唱ㄔㄤ著ㄓㄜ歌ㄍㄜ迎ㄧㄥ接ㄐㄧㄝ下ㄒㄧㄚ車ㄔㄜ的ㄉㄜ乘ㄔㄥ客ㄎㄜ。
「我ㄨㄛ們ㄇㄣ回ㄏㄨㄟ來ㄌㄞ了ㄌㄜ！」
好ㄏㄠ多ㄉㄨㄛ幼ㄧㄡ兒ㄦ園ㄩㄢ放ㄈㄤ學ㄒㄩㄝ的ㄉㄜ小ㄒㄧㄠ螞ㄇ蟻ㄧ在ㄗㄞ這ㄓㄜ站ㄓㄢ下ㄒㄧㄚ車ㄔㄜ。
他ㄊㄚ們ㄇㄣ都ㄉㄡ是ㄕ女ㄋㄩ王ㄨㄤ的ㄉㄜ孩ㄏㄞ子ㄗ。